LE

MÉDECIN POLITIQUE

M. FLORIDOR,

OU LA FLEUR DES PRÉFETS.

BORDEAUX,

CHEZ HENRY FAYE, IMPRIMEUR ET LITHOGRAPHE,

RUE SAINTE-CATHERINE, 139.

1846

1847

AVANT-PROPOS.

Les grands publicistes ont gardé le silence sur les faits et gestes de M. Floridor; le plus funeste des hasards a toujours écarté de leurs crayons ce sujet admirable, type curieux du préfet moderne.

Faut-il que je laisse à jamais oublié dans l'ombre cet astre de la civilisation moderne, parce que le télescope de la science n'a point été braqué sur lui?

Faut-il perdre dans l'ornière commune ce diamant magnifique, parce que l'habile lapidaire n'a point passé par là?

Non! mille fois non! ce serait par trop injuste.

N'a-t-on pas vu de simples bergers découvrir une étoile nouvelle dans le firmament, et en faire tout à coup le point de mire de tous les regards de la science, de toutes les bésicles académiques?

Eh bien, tel sera mon modeste rôle. Je dévoilerai le trésor caché, j'ébaucherai l'œuvre, je jetterai sur la toile les lignes et les couleurs premières, et des pinceaux plus exercés viendront donner la vie au tableau. Je tirerai de la carrière le bloc précieux, et des ciseaux plus intelligents viendront, s'il le faut, achever la statue colossale qui doit surpasser, dans l'avenir, les monuments les plus curieux de notre époque.

Que M. Floridor soit donc l'objet d'une contemplation universelle.

1

Le sort en est jeté.

O ma plume! cher et métallique instrument de mes pensées, je te sens frémir sous mes doigts en commençant ces lignes : toi si neuve encore dans les questions sociales; toi si peu versée dans l'encre noire de la politique et de l'histoire, tu vas révéler au monde un génie incompris! Certes, voilà une grande et noble tâche pour une plume qui n'a jamais rempli encore que de simples *taches* d'encre.

Vas, cours, sur ces feuilles satinées.....; glisse, vagabonde et hardie; il me tarde de faire connaître à mes lecteurs ce flambeau du progrès, cet administrateur modèle, cet homme généreux qui passe nuit et jour à rêver au bonheur de son pays.

Et si je ne fais pas connaître au monde entier ses grandes actions, ses travaux immortels,

J'aurai du moins l'honneur de l'avoir *entrepris!*

CHAPITRE Iᵉʳ.

Comme quoi la médecine conduit aux affaires publiques.

Depuis 1830 toutes sortes de professions ont servi à façonner des préfets et des sous-préfets. Le gouvernement n'a pas craint d'employer à la confection de ce pouvoir exécutif des avocats ruinés, des épiciers enrichis, des journalistes sans journaux, et des saint-simoniens sans religion. Mais, de tous les éléments qui convenaient le mieux à la création de cette agence ministérielle, la médecine était sans doute le plus efficace. Nous en trouvons la preuve dans la nomination de M. Floridor.

M. Floridor était en province un simple et modeste citoyen, cultivant à la fois les sciences, les belles-lettres, et les légumes de son jardin. Il possédait un brevet de docteur-médecin (sans garantie du gouvernement, bien entendu), et jouissait d'une clientèle fort exiguë.

Une clientèle! C'était cependant son rêve de tous les jours; mais il voulait une clientèle riche, généreuse, et largement affligée de plaies et d'infirmités. Des songes dorés lui déroulaient chaque nuit des collections magnifiques de fluxions de poitrine, de gastro-entérites, et de rhumes de cerveau. C'étaient des rondes fantastiques de créatures pâles et convalescentes, se livrant à des danses nerveuses dans les enivrements du camphre et de l'éther, sur des tapis jonchés de feuilles d'orangers et de fleurs de guimauve.

Hélas! tout disparaissait à la pointe du jour, et les clients n'arrivaient jamais.

Souvent il plongeait un regard perspicace dans un avenir lointain, cherchant à entrevoir l'ombre d'un malade qui pût venir à lui.

Et quand sa femme lui demandait avec anxiété : Eh bien, qu'as-tu découvert? il répondait (comme ce personnage de Florian, devant un singe qui montrait la lanterne magique) :

> Je vois bien quelque chose;
> Mais je ne sais pour quelle cause
> Je ne distingue pas très-bien.

Puis, las d'attendre, il se lançait un jour à la recherche d'un client, comme un général d'armée à la poursuite de son ennemi, aussi impétueux que l'illustre Bugeaud sur le sol africain. Singulière coïncidence en-

tre ces deux héros : le docteur attrapait un client chaque fois que le maréchal empoignait Abd-el-Kader !

Fatigué à la fin de poursuivre une chimère et de n'a-
voir à médicamenter que sa femme, ses enfants et son
épicier, M. Floridor se décida à changer de carrière, à
prendre un parti extrême ; et, mettant sa tête entre ses
deux mains, il passa une journée entière à concentrer
toutes ses idées sur cette héroïque résolution.

Ce jour-là ses malades se trouvèrent beaucoup mieux.

Il prit une plume, et écrivit au ministre de l'intérieur :

> Monsieur le Ministre,
> J'ai l'honneur de vous soumettre......

Ces premiers mots, tracés avec une facilité de ré-
daction étonnante, furent suivis d'une profonde médita-
tion. Quelques jours après, la lettre était entièrement
achevée, mise au net et signée.

M. Floridor expliquait au ministre comme quoi toutes les sciences se doivent un mutuel concours, lui
prouvant par $a + b$ que, de même que les mathéma-
tiques sont nécessaires à l'astronomie, la médecine doit
servir aux vues de la politique et à l'administration du
pays. Il en donnait un exemple frappant en se suppo-
sant à la veille des élections, distribuant à des clients
ministériels des astringents, des fortifiants, des exci-
tants, et faisant prendre au contraire, à ceux de l'opposition, des calmants, des narcotiques. voire même
de la rhubarbe et de l'huile de ricin, et assurant par ces
moyens, en même temps que le triomphe du candidat
ministériel, la déconfiture de l'opposition.

Enfin il terminait en disant au ministre qu'il lui laissait le soin de pressentir tous les résultats de ce nouveau système, avec lesquels il avait l'honneur d'être, etc., etc.

Le ministre, à la réception de cette savante élucubration, se forma la plus haute opinion du signataire. Son idée neuve et hardie, quoique médicale, lui sourit. Voilà, se dit-il à lui-même, un homme comme il nous en faut, un de ces hommes solides, à idées fixes; créatures dévouées, fermes sur leurs principes comme des bornes sur leurs bases; n'ayant qu'un but, qu'un devoir à remplir; méprisant les obstacles, et prêts à aller, tête baissée, accomplir les missions les plus chevaleresques!

Et un beau soir M. Floridor reçut, sous le cachet du

ministre, le titre de sous-préfet, avec l'ordre de partir immédiatement pour son nouveau poste.

Alors il eut un instant de faiblesse humaine. On ne quitte jamais sans regret des lieux où l'on a rêvé au bonheur, aux succès. Puis l'idée de quitter ses chers clients! c'est terrible.... Mais la consolation arriva bien vite dans l'esprit du grand homme. Il avait du courage, de l'ambition, et d'ailleurs sa clientèle, toute personnifiée dans son ménage, ne devait pas se séparer de lui.

CHAPITRE II.

Théories médico-politiques de M. Floridor.

Le lendemain de cette nomination M. Floridor, s'é-
veillant au point du jour, se tâta le pouls à plusieurs
reprises, cherchant à s'assurer s'il était réellement sous-
préfet, ou s'il avait la fièvre. Ses doutes se dissipèrent
en prenant de nouveau lecture de la lettre ministérielle ;
et sa joie faisant rouler dans son esprit mille réflexions
heureuses, mille rêves gracieux, mille et mille fantas-
magories, il arriva bientôt au paroxysme de l'enthou-
siasme.

« Oui, disait-il en se drapant dans une couverture
et se dressant sur son lit comme un monarque sur son
trône; oui, j'ai été compris! Mon système est beau, le
gouvernement est grand, et je serai son prophète! Oui,
la médecine et l'administration étaient créées l'une pour
l'autre, elles sont sœurs, et doivent marcher ensemble
pour le bonheur du genre humain.

» Est-il possible que les peuples aient vécu si longtemps sans reconnaître l'affinité qui existe entre la politique et la médecine? Notre langue cependant four-
mille de locutions, d'expressions qui révèlent cet ac-
cord, cette précieuse harmonie. Ainsi on dit *administrer*
un médicament, comme on dit *administrer* une province; il y a des *ordonnances* ministérielles, comme il
y a des *ordonnances* de médecine; la nature des dro-
gues seules peut différer. On purge des hypothèques
aussi bien que des malades; et dans le corps de nos

employés ou de nos subalternes, les titres sont les mêmes : les chirurgiens sont des *officiers*, comme les maires ou les adjoints ; les uns sont *officiers de santé*, et les
autres *municipaux*.

» Mais allons plus loin ; remontons jusques aux théories de la haute politiqne. Qu'est-ce qu'une révolution?
C'est un simple changement de *régime*, devenu nécessaire à une mauvaise *constitution*.

» Qu'est-ce que le gouvernement? C'est un malade
que l'on fait aller d'un *cabinet* à un autre *cabinet*, et
qui souvent est obligé de garder la *chambre*.

» Oh ! comme toutes ces analogies ont frappé mon esprit ! C'est que la vérité était là. Tout est médecine dans
l'administration des affaires publiques, comme tout est
administration dans la médecine. La politique d'aujour-
d'hui n'est qu'une médecine pour le pays.

» C'est moi qui le premier, dans le cercle qui m'est
tracé, dois donner l'exemple de la mise en pratique de
ces sublimes théories.

» Je commencerai par élargir toutes les voies de mon
arrondissement ; je ferai des routes royales, des che-
mins de fer dans tous les sens,

afin de donner des écoulements faciles aux produits du
sol, au commerce et à l'industrie. Pour les établir je
ferai, s'il le faut, percer des *côtes*, couper des *bras* de
rivière.

» Et si je suis appelé dans le midi, dans le département des Landes, par exemple, oh! là, ce serait mon triomphe. Je sais qu'il y a dans ces landes des richesses ignorées : il y a des mines de fer, de bitume, de sel de charbon, mines cachées encore et perdues pour le pays. Eh bien, je ferai *sonder*, je découvrirai les *veines*; je ferai pratiquer des *saignées*, et je livrerai enfin à l'industrie ces trésors enfouis dans les entrailles de la terre.

» Les landes! ce pays encore sauvage et primitif au milieu des plus belles contrées de la Gascogne et des Pyrénées; ce désert placé au sein de la civilisation; cette Sibérie du sud-ouest. Voilà ce que je veux administrer, médicamenter, améliorer, perfectionner; c'est toute mon ambition.

» Pour mieux remplir mon but, je prendrai mes magistrats parmi les médecins ou les chirurgiens les plus distingués. Je veux que chaque commune ait pour maire un officier de santé, ou au moins un apothicaire; c'est par ces organes intelligents, c'est par leurs soins, par leurs procédés les plus doux et les plus coulants que j'insinuerai peu à peu, dans ces communes si arriérées,

les bienfaits de la civilisation.

» O Pritchard! illustre apothicaire des Marquises, que n'es-tu Français, ou au moins naturalisé Français? tu l'as bien mérité. Je t'aurais fait mon aide-major. Pends-toi, Pritchard, je vais tout bouleverser et tu n'y seras pas.

» Je convertirai toutes les écoles primaires en maisons de santé; je créerai des foires partout, et je m'occuperai surtout de la réédification des anciens presbytères. Je veux donner à tous les curés des logements magnifiques, afin que l'on puisse dire un jour avec justice : M. Floridor a fait des *cures merveilleuses.* »

CHAPITRE III.

Le préfet en fonctions, médicalement parlant.

Un tel homme ne pouvait rester longtemps au second rang. Il en est des fonctionnaires comme de certains oiseaux : il est bon de les percher au plus vite et le plus haut possible.

Notre docteur fut bientôt élevé, comme il l'espérait, à la dignité de préfet.

Pour occuper dignement son nouveau poste, M. Floridor se rengorgea de son mieux : il donna à son maintien une sévérité encore plus doctorale, à son regard quelque chose d'oblique, et à sa cravate une blancheur inaccoutumée.

Il imprima à sa tournure ce cachet raide et officiel qui fait le mérite principal de bien des hommes d'État; son visage prit un air conservateur, quoique fort mal conservé; sa tenue fut imposante, ses gestes télégraphiques, et l'ensemble offrit au public un préfet accompli.

Enfin, M. Floridor endossa, pour ne plus le quitter, ce célèbre habit vert, qui depuis...., mais alors il était encore neuf.

Aussi, qu'il était beau, qu'il était noble et grand, lorsque pour la première fois un solliciteur se présenta devant lui!

Et quel langage, quel ton, quel choix d'expressions, quelles tournures de phrases!

« Monsieur, en affectant un but d'utilité publique,

prenez garde de n'avoir en vue que votre intérêt personnel; le langage des passions n'eut jamais d'empire
sur moi, tel est mon tempérament.... Je suis incurable
sur ce point; mais comptez toujours sur la sagesse de
l'administration, qui est toute paternelle.

» Vous demandez qu'on améliore votre chemin?

» Soyez tranquille, l'administration est toute paternelle.

» Vous demandez la solution d'une affaire très-pres-
sée, qui dort, dites-vous, depuis six mois dans les
cartons de la sous-préfecture?

» Ne vous impatientez pas, l'administration est toute
paternelle; allez toujours, dormez en paix, je vous dis
que l'administration est toute paternelle. »

Et, avec ce délicieux apophthègme, M. Floridor répond à tout; rien ne l'embarrasse, rien ne lui résiste.

Cet homme extraordinaire avait bien compris son
époque : à ses yeux, le prestige de l'autorité, c'est
tout. En effet, la grande question pour le succès d'un
préfet, c'est la formule dans les affaires de bureau,
c'est la représentation dans la société.

Donc, lorsqu'il faut paraître dans quelque grande
circonstance, M. Floridor se montre grave, sévère, en-
touré du plus grand nombre d'employés possibles; et
s'il s'agit d'assister à un bal donné par quelque haut
personnage, M. Floridor prend même la peine de faire
astiquer tous les boutons de métal de son célèbre habit
vert.

Il est vrai qu'à son tour, ne fût-ce que pour les con-
venances, M. le Préfet devrait recevoir, donner une

soirée. Mais que fait alors notre habile administrateur? il s'en dispense de la manière la plus digne, la plus majestueuse, la plus adroite, la plus expéditive.

Certes on est bien excusable de ne pas recevoir chez soi quand on se montre perché sur les banquettes d'une turgotine.

Ou bien encore M. le Préfet met un crêpe à son chapeau, et fait paraître toute sa maison en grand deuil.

Un crêpe, c'est bien mieux, cela vous rend intéressant; ça ne coûte que 50 c., et ça peut vous épargner plus de 500 fr. par an.

CHAPITRE IV.

Le préfet dans ses tournées officielles et nocturnes.

Les tournées préfectorales, tournées officielles commandées sans doute dans un but d'instruction adminis-trative, doivent être sans contredit la corvée la plus assommante pour un préfet, et la moins instructive pour le gouvernement.

Le préfet s'entoure de quelques employés, comme un chef militaire de son état-major, et parcourt le plus rapidement possible un certain nombre de communes.

L'état-major de M. Floridor se compose ordinairement d'un sous-préfet, d'un ingénieur quelconque, et de plusieurs employés plus ou moins inférieurs; mais on y remarque toujours l'architecte M. S., et M. B., qui n'est pas architecte, et qui n'est pas si bien non plus.

Cet entourage est nécessaire pour rehausser le caractère de l'autorité, et donner à son apparition dans les villages plus de pompe et de solennité. Très-bien; mais le public est encore à se demander pourquoi l'on fait passer et repasser de temps en temps, sous ses yeux, cette troupe bizarrement accoutrée et diversement galonnée, qui ne s'arrête chez un maire ou à l'auberge que pour prendre un léger repas.

Quant à l'examen des bâtiments publics, des affaires administratives; quant aux visites à faire aux établissements industriels, etc., etc., tout cela reste parfaitement étranger au *steeple-chase* préfectoral, c'est l'affaire des députés.

Quoi qu'il en soit, les tournées sont de rigueur, et notre docteur n'était pas homme à les faire comme le commun des martyrs : les hommes supérieurs savent se distinguer en toutes choses.

Un beau soir, au clair de la lune, il fut frappé d'une idée lumineuse..... Tiens! pensa-t-il, puisque mes confrères font ordinairement leurs tournées pendant le jour, moi je les ferai la nuit C'est précisément la nuit qu'il est bon de s'éclairer sur les besoins d'une population; nous voyagerons au clair de la lune, mon ami........ J'arriverai dans mes villages comme un astre inattendu ; je produirai l'effet d'une comète bienfaisante.

Et, fidèle à sa résolution, M. Floridor a presque toujours fait ses tournées la nuit, même en l'absence de la lune :

ce qui prouve que ce docteur n'est pas aussi lunatique qu'on le prétend.

Quand on fut toujours vertueux,
On aime à voir lever l'aurore.

Certainement bien des maires de campagne sont sur-
pris dans les bras de Morphée. Morphée est la plus dan-
gereuse des créatures mythologiques. M. le Maire se
lève en sursaut dès qu'on lui annonce l'arrivée du préfet; mais il prend le temps de s'habiller, il tousse, il
crache, il soupire, il se donne un coup de peigne, il
se frotte les yeux, et quel que soit son empressement
tout cela est inutile; il se présente trop tard, dix mi-
nutes se sont écoulées, le préfet est reparti, car le
temps est précieux pour M. le Préfet, il n'a que le jour
pour se reposer.

C'est qu'il faut être leste avec un préfet–locomotive
à grande vitesse.

Et le magistrat campagnard attéré, désespéré, n'a plus
qu'à retourner vers sa couche abandonnée et refroidie,
le regret ronge son cœur; il arrache ses vêtements, il
renfonce jusqu'aux oreilles son vaste bonnet de nuit,
et se replonge exaspéré dans ses draps..... Dans quels
draps, bon Dieu! quel sommeil il y trouve? Ce n'est
plus qu'un rêve affreux; c'est le fantôme de la défaveur
qui lui apparaît, c'est le cauchemar de la destitution.

Un magistrat zélé ne doit pas dormir lorsqu'il est
prévenu de la visite officielle : il se rend à minuit à la
salle de la mairie; il voit arriver successivement au
poste tous les membres de son conseil municipal, chacun une lanterne à la main; l'un coiffé encore de son

2

madras à carreaux, l'autre ayant mis précipitamment sa
culotte à l'envers, et celui-ci la camisole de sa femme
en guise de paletôt.

Cette réunion, moins grave que pittoresque, est alors
digne de recevoir à deux heures après minuit notre illustre administrateur..... de médicaments.

Il faut dire aussi que, dans ces circonstances obscu-
res, la plupart des maires font preuve aujourd'hui d'un
dévouement et d'une complaisance admirables : l'un
d'eux a poussé une fois la galanterie jusqu'à prier ma-
dame son épouse de monter à cheval à côté de M. le
Préfet, au sortir de la séance, pour lui servir de guide.

Ainsi accompagné par Mme la Mairesse, M. Floridor
ne manquait pas de mettre son cheval au trot, pour
éprouver jusqu'où pouvait aller le zèle nocturne de la
chère moitié de son officier municipal.

Un jour (pardon, je dois dire une nuit), le maire

d'une grande commune voulant surpasser ses collègues
en prévenances et en attentions auprès de l'autortié dite
supérieure, engagea son conseil à le suivre pour aller,
à deux ou trois heures du matin, au-devant des pas
annoncés de l'illustre fonctionnaire.... Malheureusement
cette nuit s'étant trouvée fort sombre, le préfet s'était
trompé de route, et c'est par un sentier détourné qu'il
arriva au village, tandis que le maire et son conseil le
cherchaient encore dans un vaste champ de pommes de
terre.

M. Floridor trouva la salle de la mairie vide, silen-
cieuse; mais il apprécia parfaitement le procédé galant
qui le faisait jouer aux barres avec les autorités locales,
et il repartit immédiatement pour une autre commune,
toujours accompagné de son état-major, y compris l'architecte S. et M. B., qui n'est pas si bien, de bien s'en
faut.

Cependant tous les conseils municipaux ne sont pas
les mêmes : les jours se suivent et ne se ressemblent
pas; les maires se ressemblent, mais ne se suivent pas.

Je le dis avec douleur : quelques maires ont fait de
l'opposition; ils ont prétendu, les malheureux, les aveu-
gles, qu'ils avaient le droit de se refuser à recevoir
l'autorité avant que l'aube matinale eût au moins blan-
chi une partie de la voûte des cieux!

Voici ce que l'un d'eux eut le courage d'écrire au
préfet :

Monsieur,

Veuillez choisir un moment plus convenable pour m'honorer

de votre visite, car à cinq heures du matin, heure que vous me fixez, je suis ordinairement au lit ou à la chasse.

Un autre récalcitrant, plus adroit, trouva un moyen assez ingénieux pour faire comprendre ses répugnances à l'autorité, sans la blesser par une violente résistance : il engagea les conseillers municipaux à se réunir *tous en bonnets de coton,* à l'heure indue, mais officielle, dans la salle de la mairie. Personne ne manqua à l'appel, et le conseil se trouva en effet réuni, à l'heure dite, sous cet uniforme intime et national.

Le préfet arrive et commence à présider, sans y faire attention, cette assemblée si majestueusement coiffée du casque à mèche....

Tout à coup il regarde, il se frotte les yeux :

En croirai-je mes *organes?*

Plus de doute, c'est une mystification. Il comprend

l'intention coupable de cette rangée d'objets blancs en pains de sucre, dont il est sérieusement environné. Cette coiffure le défrise, il songe à prendre une revanche éclatante.

Notre homme se lève gravement, fait le tour de l'assemblée..... On l'observe en silence..... Il tâte le pouls à chacun; et, comme s'il n'avait était appelé là qu'en qualité de médecin, il ordonne des bains froids, des douches, des saignées; l'épigramme est parfaitement sentie, et les bonnets de coton sont enfoncés.

Consternation générale.

Le docteur- préfet prend la parole :

« Messieurs, c'est la première fois que, dans ma carrière médico-préfectorale, je rencontre une assemblée ornée d'une coiffure aussi révolutionnaire, et qui m'offre une manifestation aussi hardie en faveur du sommeil. Il y a ici des têtes montées, je le vois; et, comme si elles étaient toutes sous le même bonnet, c'est un parti pris, c'est de l'opposition. Dans l'opposition, Messieurs, il y a de la vigueur, sans doute, des humeurs âcres, des tempéraments bilieux; mais nous ne la craignons pas, l'opposition, parce que notre système est fort : c'est un *système*..... *nerveux*, et il saura résister à toutes les attaques de ces gens *à bile*. »

— « Il est *chouette* votre système, il ne se montre que la nuit. »

— « Ne le calomniez pas! c'est le système de la grande politique. Un astre brille bien mieux dans l'ombre, et c'est le protecteur des arts. Si vous saviez tous les arts qu'il protége! Mais je me tais sur ces arts; je sais ce qu'il faut dans les *arts taire*. »

— « Permettez, reprend un membre du conseil : puisque vous prenez ici le caractère d'un médecin, vous ne devriez pas vous étonner de nous trouver en costume de malades. »

— « Quel *membre âne!* s'écrie le préfet. »

A ce mot, à cet effroyable calembourg, une vive indignation soulève tous les casques à mèche. L'un d'eux est lancé d'un bout de salle à l'autre : c'est le signal de la révolte ; les lumières s'éteignent, et une affreuse mêlée commence dans l'obscurité. Jamais bataille plus tragi-comique ne figurera dans l'histoire ; le combat fut *sans gland*, car chaque bonnet y perdit le sien,

Et le combat finit faute de *bonnets de coton.*

CHAPITRE V.

De l'hygiène singulière et du régime de M. le Préfet.

M. Floridor, pour se distinguer, ne se borne pas à voyager la nuit.

Il est reconnu depuis longtemps que la pâleur du visage est un signe de distinction. On est convenu de trouver quelque chose de grave et de solennel dans cette teinte blafarde, mate, inanimée, dont les orateurs surtout aiment à se parer.

Il serait vraiment bien ridicule à un homme jouissant d'une face réjouie, vermeille et rubiconde, d'avoir des prétentions à l'éloquence.

> Fi de ces orateurs dont la mine fleurie
> *Semble d'ortolans seuls et de bisques nourrie!*

Il est donc de rigueur qu'un homme public de quelque mérite doit paraître malingre et hypocondriaque. Celui qui occupe un poste élevé dans le monde ne saurait, sans manquer aux règles du bon goût, jouir d'une parfaite santé.

En conséquence, M. Floridor a pris la douce habitude de se nourrir le moins possible, de se fatiguer beaucoup, de dormir fort peu, et par-dessus le marché de se saigner très-souvent.

M. Floridor, qui possédait naturellement une face maigre et étirée, un œil terne, des traits avachis, et un teint blême d'autant plus satisfaisant qu'on y trou-

vait déjà une forte nuance de citron; M. Floridor, dis-
je, a eu la satisfaction d'arriver, par ses ingénieux procédés, jusqu'à une mine cadavérique : c'est le *nec plus
ultrà* d'une physionomie comme il faut.

Or, il existe encore des maires de campagne qui
persistent à offrir à M. le Préfet des repas somptueux;
c'est-à-dire des masses considérables et informes de
viandes rôties ou bouillies, nageant dans la graisse, et
que les convives doivent arroser d'un vin.... quel vin!

Villandry priserait sa séve et sa verdeur.

Je dois ajouter, en passant, que ces repas sont toujours ornés d'une gigantesque tête de veau : c'est un
plat de fondation.

Que fait cependant notre docteur dans ces occasions?
Il s'assied à peine une minute au formidable couvert,
prend une bouchée de pain, un verre d'eau, se lève et
disparaît, laissant là, bouche béante, tous les convives
avec leur tête de veau.

J'ai vu une fois un de ces repas si abondamment ser-
vis. Parmi les pièces les plus intéressantes je remarquai
le préfet, plusieurs maires, une dinde truffée, et des
canards sauvages, l'épouse de l'amphitryon, une magnifique poularde, et des bécasses très-appétissantes;
c'était une réunion superbe...... pour un amateur de
gibier.

M. Floridor, à peine au premier service, se leva,
essuya ses lèvres, et partit brusquement.

Son état-major, obligé de le suivre, dut quitter aussitôt la table, et le fit avec bien du regret, mais non sans se munir pour la route, qui d'une tranche de jambon, qui d'une aile de poulet, et notamment M. C...., le plus leste et le plus habile en ce genre d'approvisionnements.

Et la troupe comique se mit à prendre pour dessert un exercice fort salutaire sans doute,

mais beaucoup trop digestif pour le peu de nourriture qui avait été absorbé.

Voici cependant ce qui arriva chez un riche propriétaire du département, qui voulut donner au passage du préfet un dîner d'apparat. C'était un dîner moins abondant peut-être que ceux dont je viens de parler, et même dépourvu d'une tête de veau, mais qui avait bien son mérite particulier : Mme *** devait elle-même en faire les honneurs, et l'on pensait que, dans cette circonstance, le docteur-préfet, au moins par galanterie, assisterait jusqu'à la fin du repas (c'était connaître bien peu le caractère incorruptible de mon héros). On se met à table. A peine quelques entrées sont-elles enlevées, que notre sévère préfet, selon sa louable coutume, se lève et s'apprête dignement à se retirer. Déjà son état-major s'est ébranlé pour le suivre, fort malheureux de quitter sitôt les douceurs de la table, pour se livrer aux impressions de la course au clocher.

Mais la dame de la maison vient de se faire entendre ; son accent grave et solennel arrête dans leurs mou-
vements divers tous les personnages de cette scène :
« Monsieur le Préfet, dit-elle, veuillez vous remettre ;
il y a chez moi une coutume respectable, c'est que les
repas qui commencent au potage ne se terminent qu'au
dessert. Nous ne sommes qu'aux *entrées ;* renoncez donc
à faire une pareille sortie. »

En un clin d'œil l'état-major avait repris sa position
de convive, la fourchette à la main ; quelques-uns de
ces messieurs avaient même modifié leur premier mouvement, de manière à ce que cela ne parût pas être
une tentative de sortie, honteux qu'ils en étaient.

M. C. remit bien vite dans son assiette une côtelette
qu'il avait déjà empochée par précaution.

Quant à M. Floridor, il fit à la dame un profond sa-
lut de condescendance, et reprit son siége avec majesté.

Ravis d'un incident si favorable à leur appétit, les
satellites, en se remettant à l'œuvre, redoublèrent d'en-
train, de verve et de gaieté. A mesure que les mets et
les vins disparaissaient, les saillies, les pointes et les
vives reparties croisaient leurs feux dans la conversa-
tion, et témoignaient à la reine du festin de la vive re-
connaissance de ces messieurs pour le service immense
qu'elle venait de leur rendre.

Cependant notre administrateur morose grignottait
silencieusement un petit pain, dont il employait la mie
à façonner entre ses doigts une foule de légers projec-
tiles, et de temps en temps il bombardait les plafonds
et les murs, au milieu desquels il recevait une si ty-
rannique hospitalité ; et, regardant un peu de travers

ses voraces compagnons, il méditait à leur encontre une diète absolue pour la première occasion.

La patience et la complaisance de M. Floridor, dans cette épreuve singulière, s'explique facilement : M. ***
est un électeur influent, un électeur éligible; et quoique M. Floridor soit habituellement soumis à un régime fort sévère, quoiqu'il se traite souvent au pain et à l'eau, il a un autre traitement auquel il tient beaucoup aussi, c'est son traitement..... de préfet. Or, un préfet, qui tient à son traitement, doit beaucoup de ménagements à un électeur éligible. Mais après de telles concessions, après de pareils sacrifices, notre docteur puise de grandes consolations dans les douceurs de la saignée. Oui, outre la diète et les fatigues physiques, M. Floridor emploie souvent la saignée. Dire qu'il se saigne, c'est le mot; car c'est lui-même qui, de la main droite, pratique la saignée au bras gauche.

Comment se fait-il que, prenant fort peu de nourriture, il ait besoin encore de se saigner? comment se peut-il que, chez lui, la masse du sang, qui n'est jamais augmentée par les aliments, se trouve encore parfois trop abondante? Sans doute voilà des questions qui confondraient les intelligences de plusieurs académies; mais la Providence a toujours attaché quelques mystères aux créatures exceptionnelles, aux hommes supérieurs; M. Floridor se saigne beaucoup et fréquemment : voilà le fait.

C'est un sang qui surabonde par lui-même, c'est un sang *extraordinaire*, et voilà pourquoi l'on serait tenté de dire que M. Floridor n'a pas le *sang commun*.

CHAPITRE VI.

Monts et merveilles.

Depuis le savant Pythéas, que la république de Marseille envoya de par le monde à la recherche des connaissances utiles, plus de trois siècles avant J.-C., le progrès a fait, jusqu'à l'apparition de M. Floridor, bien du chemin, il faut en convenir.

Le progrès a marché d'abord à pied, pas à pas, un bâton à la main, comme le pèlerin, comme l'apôtre; puis, se hissant sur un char, des coursiers ardents l'ont emporté vers des contrées lointaines; puis des voiles intelligentes et rapides, poussées par les vents, l'ont fait glisser sur l'onde, comme un éclair, d'un hémisphère à l'autre, du midi au septentrion, de l'occident à l'orient; puis, enfin, la vapeur s'est lancée pour accélérer encore sa course, et l'électricité, et la machine pneumatique, et la foudre, se précipitent aujourd'hui à cet entraînement incalculable, si bien que j'espère voir avant longtemps des trombes-locomotives, des véhicules tellement véloces, qu'ils nous feront arriver au bout d'une course avant même notre départ.

Mais ce qu'il faut remarquer dans cette suite immense de découvertes et d'améliorations, ce qu'il faut admirer, ce sont les hommes qui ont poussé à la roue du progrès. Quelques réflexions sur ce sujet nous amèneront à des rapprochements fort intéressants.

Chose singulière! le concours même des barbares a

été nécessaire à l'avancement de la civilisation. Remarquons, en passant, que c'est après l'établissement d'Ariowist sur les bords de la Seine que furent fondées des académies à Lyon, à Toulouse, à Autun, et autres villes. N'oublions pas les temps si agités où les Sicambres envahirent les Gaules. Nous voyons ensuite les Bructères, les Chamaves, les Saliens, les Ambivares, les Chauques, et autres peuples fort baroques, se liguer contre les Romains. Plus tard nous trouvons les *Vendales* et les *Goths* établis en Dacie sous Ermanaric; enfin, les Huns et les *Ostrogoths* dans la Gaule, et les *Wisigoths* en Espagne, sans arriver jusqu'aux campagnes si glorieuses du maréchal Bugeaud et de Pritchard.

Et tous ces héros, et tous ces événements, ont contribué sans s'en douter à faire marcher ce qu'on est convenu d'appeler le mouvement social.

Eh bien, que sont tous ces hommes et toutes ces choses auprès de l'homme que je fais connaître aujourd'hui, auprès des choses qu'il a faites?

Certes, M. Floridor a surpassé par ses œuvres, en fait d'améliorations sociales, les Goths, les Wisigoths et les Ostrogoths ci-dessus nommés. Nous allons le prouver tout à l'heure, et l'on verra de quelle manière il a fait marcher le progrès dans son département.

Qu'il ne soit donc plus question des découvertes de l'aimant, des cloches et des pommes de terre; des inventions de la poudre [1], de la vaccine, et surtout des perruques : tout cela n'est plus que de la petite bière, une pichenette, un rien du tout.

Voici ce qu'a fait dans son département M. Floridor, plus de mille ans après la fondation de Rome.

A une époque où des fonds disponibles étaient impérieusement réclamés par des travaux d'utilité publique, cet homme généreux consacra 6,000 fr. à la construction d'un fort joli pont suspendu, destiné à traverser une rivière qui a au moins 4 mètres 87 centimètres de large, pour conduire M. le Préfet de sa cuisine à son jardin.

Il faut dire que ce jardin est décoré du titre de Pépinière départementale, parce qu'on y cultive des vers à soie, des choux colossaux, et des melons. On y rencontre aussi quelques plantations d'allumettes, qui doivent représenter des arbrisseaux ou des arbres fort étrangers.

Après avoir décrit ainsi les éternels monuments fondés par M. Floridor, nous ne dirons rien de ses actes administratifs.

Arrivons bien vite à l'article si intéressant des récompenses nationales. Parlons de ces rémunérations distribuées avec tant d'"à propos, avec tant de sagesse, aux

[1] Les exigences de la chronologie et quelques autres motifs m'ont fait une loi de classer l'invention de la poudre à une époque bien éloignée de l'existence de M. Floridor

actions d'éclat, pour inspirer à la société moderne le goût des grandes choses et l'amour des vertus publiques, privées et autres.

M. Floridor a fait obtenir à un honnête propriétaire, maire et bon père de famille, la croix de chevalier de l'ordre royal de la Légion d'honneur. A qui pouvait-on mieux appliquer cette marque distinctive qu'à un honnête propriétaire, maire et bon père de famille.....? O vertu! Et ce nouveau chevalier est si modeste, qu'il paraît ignorer encore très-profondément à quelle action on a pu rattacher ce cordon.

Mais M. Floridor ne s'est pas borné là : il a fait agrafer une médaille d'honneur à la redingote d'un autre personnage, autre bon propriétaire, mais non pas père de famille, si l'on s'en rapporte du moins à sa qualité de célibataire.

Il est bon que la postérité sache comment et pourquoi une étoile glorieuse a été fixée sur la boutonnière de la susdite redingote :

Quelques dames se livraient paisiblement aux douceurs de l'eau chaude, dans l'établissement salutaire des bains de T..... C'était l'heure consacrée par des règlements aux besoins hydromaniques du beau sexe, et durant cette heure mystérieuse nul être masculin ne devait pénétrer dans l'humide sanctuaire.

Hélas! comme toutes les lois humaines, cette loi devait être violée à son tour.

La salle des bains, creusée dans le sein de la terre, n'est éclairée que par quelques soupiraux placés au niveau du sol, et qui, jusqu'à ce jour, n'avaient donné passage qu'à la lumière, et peut-être à quelques regards indiscrets.

Tout à coup un orage éclate, une pluie, ou plutôt une trombe, enveloppe l'édifice, et des torrents d'une eau bourbeuse, se frayant un passage à travers les dangereux soupiraux, se précipitent sur les baigneuses. Des cris aigus se font entendre; les naïades plaintives s'échappent de leurs baignoires plus pâles, plus blanches que des cygnes. Leur désespoir est au comble, les torrents augmentent; mais un sauveur s'est précipité sous la voûte : c'est un beau cavalier, aux bras nerveux, à la large poitrine. Il saisit, il emporte dans ses bras ces jolis corps frémissants, sur lesquels il voit rouler encore des gouttes d'eau brillantes comme des perles sur du satin.

Heureux mortel! il a franchi le seuil du sanctuaire, et, loin de paraître criminel, il sera béni, il sera récompensé, il sera l'objet de mille et mille louanges. Il va déposer ces objets précieux sur des couches préparées pour la sortie du bain, et des actions de grâces lui sont rendues par un concert de voix les plus douces, les plus émues, les plus attendries.

Certes, le galant chevalier n'eût jamais demandé de plus belle récompense; mais un médecin, je veux dire un préfet consciencieux, ne devait pas laisser un tel dévouement sans lui faire subir sur la poitrine l'application d'une plaque métallique dite médaille d'honneur.

M. C., homme d'esprit, quoique grand ami du préfet, fut chargé de rédiger un rapport sur ce fait mémorable. Arrivé au moment de désigner la quantité d'eau qui était entrée dans l'établissement de T....., il avait d'abord écrit 25 mètres ; mais réfléchissant ensuite que la hauteur de la voûte était à peine de 4 mètres, il se fit un devoir de réduire le chiffre.

Ce fut alors une question fort délicate, fort difficile. Baisser le niveau de l'eau, c'était diminuer d'autant le mérite du sauveur ; l'élever, au contraire, à une trop grande hauteur, c'était noyer tous les voisins, c'était sortir des bornes de l'établissement et de la vérité. L'écrivain resta donc entre deux eaux assez longtemps. Enfin il prit un parti, et arrêta le niveau à une hauteur convenable. Sa décision fut dictée par un sentiment de respect et de pudeur pour les baigneuses sauvées : il leur accorda de l'eau jusqu'au-dessus des épaules.

Le rapport fut expédié et le sauveur emmédaillé.

Quoi qu'il en soit, et sans doute pour dissimuler le sentiment généreux qui l'a animé dans cette circonstance, quelques personnes prétendent aujourd'hui qu'au moment de se précipiter dans la salle des bains, le héros fut poussé moins par l'attrait d'une belle action que par le plaisir de surprendre dans leur désespoir, et dans l'absence de leurs costumes, ces dames, dont quelques-unes n'avaient pas même

ce simple appareil
D'une beauté qu'on vient d'arracher au sommeil.

Mais cette célèbre inondation avait fait d'autres victimes à T..... : de malheureux paysans y perdirent leurs dernières ressources.

On s'empressa de voter des fonds pour les secourir. Hélas! l'inondation fut telle, que, jusques à ces fonds votés, tout est tombé dans l'eau.

CHAPITRE VII.

Conclusions électorales.

« Le *pouls* administratif, dont les pulsations annoncent la vitalité abondante et prospère du pays, ne bat plus. Les préfets et les sous-préfets ne sont plus que des agents politiques, envoyés et placés par le ministère auprès des élections parlementaires, cantonnales et municipales, dans l'intérêt personnel du ministère, et non dans l'intérêt général de la France. »

Comment ! mon cher Timon, c'est vous qui tenez ce langage ! Qu'entendez-vous donc par l'intérêt général de la France, si ce n'est la question électorale ? que voulez-vous que fasse un préfet, s'il ne fait des élections ? Auriez-vous la prétention de l'occuper des routes, des bâtiments publics, des intérêts de ses communes ? allons donc ! Les préfets autrefois se mêlaient de ces choses-là, *le cœur était à gauche, le foie était à droite;* mais nous avons changé tout cela. Si un maire de campagne, routinier par nature, s'avise de s'adresser encore à son préfet pour obtenir l'autorisation de raccommoder un clocher ou de blanchir une école primaire, on lui répond bien vite : Adressez-vous donc à votre député; est-ce que je puis rien dans cette affaire ? c'est le député qui peut tout.

Il y a des gens qui ont encore la naïveté d'envoyer des pétitions couvertes de signatures à leur préfet, pour solliciter quelque changement dans les affaires publiques; mais l'administration a bien soin d'écarter ces pétitions, de les mettre au néant sous prétexte d'oubli, et de donner une solution souvent contraire au vœu général, à la justice, au bon sens, afin d'apprendre aux électeurs, par cette leçon sévère, à s'adresser désormais à leur député.

Et vous prétendez, M. Timon, que le pouls administratif ne bat plus, et vous ne trouvez pas toutes les vertus chrétiennes et politiques dans cet administrateur.... de médicaments, qui vous dit lui-même : « Adressez-vous à votre député, je m'incline le premier devant son pouvoir; je m'efface, je m'annihile entièrement à l'ombre de ce tout-puissant élu de l'arrondissement. »

Quelle abnégation! quelle sagesse!

Venez donc tâter le pouls à mon docteur, vous qui parlez si bien, terrible pamphlétaire! venez, et vous sentirez les pulsations de la véritable vitalité administrative! vous sentirez vibrer par-dessus tout la fibre électorale. Sans doute le préfet est, avant tout, un agent électoral; vous lui en faites un reproche, il s'en glorifie.

A l'œuvre on connaît l'ouvrier, aux élections on connaît le préfet.

Après cela il faut être juste, on ne doit pas attribuer à M. Floridor seul toute la gloire de ses succès électoraux dans son département.

La plupart des grands hommes ont été secondés par des amis puissants : Henri IV a eu son Sully, Napoléon son Murat, et le père Bilboquet n'a jamais marché sans son Gringalet.

Donc M. Floridor a parmi ses aides de camp son

agent intime, son ami, son bras droit : c'est M. C.....
C'est cet homme brun, à l'œil vif, au regard pénétrant,
aux dehors affables, à la parole entraînante, et qui sem-
ble être né pour conquérir des suffrages, comme on naît
poëte, comme on naît épicier.

Ce jeune héros, dans la bataille électorale qu'il livra
en 1841, signala de la manière la plus éclatante sa va-
leur, sa force et sa souplesse. Il se présenta d'abord
comme candidat de l'opposition, et ses amis comptaient
sur une forte majorité pour lui; mais M. C., qui connaît
le cœur humain et les faiblesses dont il est susceptible,
et la mobilité d'une conviction, et la fragilité d'une voix,
douta, lui, du chiffre de cette majorité, et, pendant
qu'on y croyait encore, il eut l'heureuse idée d'en tirer
profit.

Vendre le fantôme pour avoir une réalité, pour prix
d'une illusion obtenir du positif, tel est le problème
qu'il se proposa de résoudre à son bénéfice particulier.

La veille du scrutin, pendant qu'il faisait administrer
à sa noire chevelure une frisure et des papillotes triom-
phantes,

il s'apprêtait lui-même à faire la queue à son parti, et il se présenta dans la lutte avec un toupet admirable.

Plus rapide que l'éclair il passa dans le camp opposé; il se jeta aux pieds de son ennemi public, il se déclara hautement son ami le plus intime, son partisan le plus dévoué; et, au milieu des camarades qu'il entraîna sur ses traces, il prit son premier drapeau et s'en fit un mouchoir pour pleurer ses erreurs passées.

Le titre de sous-préfet et l'estime particulière de M. Floridor furent la modeste récompense de cette manœuvre habile.

Le député ministériel, qui depuis n'a jamais rien dit et n'a jamais rien fait, avait besoin d'être réélu cette année, pour maintenir à son poste le petit sous-préfet, et voilà pourquoi, grâces aux mêmes influences, l'honorable statue a été renvoyée au Palais-Bourbon.

On élève beaucoup de troupeaux dans le département; mais les races ne s'améliorent point, car il n'y a ni dans la presse, ni dans le parlement, aucune voix qui s'occupe de leur éducation. Le bétail électoral est le plus arriéré de tous; il reste toujours le même, routinier, docile aux intrigues, aux manœuvres les plus grossières; il se laisse conduire à chaque marché sous le fouet ou sous les caresses de ses maquignons politiques.

Mais de quoi pourrait-on se plaindre dans ce vaste département où les moutons ont le bonheur de paître sous l'administration médicale de l'homme le plus curieux de la terre; de cet homme qui avait eu l'ambition d'être un jour un des principaux rouages de la machine gouvernementale, et qui a réussi en effet à se placer au premier rang dans la machine du rouage ministériel?

www.ingramcontent.com/pod-product-compliance
Lightning Source LLC
Chambersburg PA
CBHW060839180626
46818CB00004B/1516